Der Auftrag des Engels

Max Lucado

SCM Hänssler

SCM

Stiftung Christliche Medien

Bestell-Nr. 395.038
ISBN 978-3-7751-5038-5

Internet: www.scm-haenssler.de
E-Mail: info@scm-haenssler.de
Übersetzung: Dr. Friedemann Lux
Umschlaggestaltung: OHA Werbeagentur GmbH, Grabs, Schweiz; www.oha-werbeagentur.ch
Titelbild: istockphoto.com
Illustrationen: © Daniel Fernández
Satz: typoscript GmbH, Walddorfhäslach
Druck und Bindung: CPI – Ebner & Spiegel, Ulm
Printed in Germany

Für meine Gebetspartner

Das Wort
war Gott …
Er, der das Wort ist,
wurde Mensch
und lebte unter uns.

Johannes 1,1 und 14

Vorwort

In den biblischen Geschichten begegnet man auf Schritt und Tritt überirdischen Wesen. Engel singen. Dämonen ergreifen Besitz von Menschen. Himmlische Heerscharen kämpfen. Satans Helfershelfer gehen zum Angriff über. Wer über die Armeen Gottes und Satans hinwegsieht, sieht über ein Herzstück der Bibel hinweg. Seit die Schlange im Garten Eden Eva verführte, wissen wir es: Was unser Auge sieht, ist nur ein Teil der ganzen Wirklichkeit.

Wir wissen weniger über diese Wesen, als wir uns wünschen. Wie sie aussehen, wie viele es sind, was für Strategien und Pläne sie verfolgen – darüber können wir nur spekulieren.

In diesem Buch habe ich genau das versucht. Angeregt durch einen Beitrag von David Lambert, habe ich versucht, mir vorzustellen, was für

Kämpfe wohl in der unsichtbaren Welt tobten, als Christus in die Welt kam. Bestimmt kam es zum Kampf. Wenn Satan das Kind in der Krippe hätte verhindern können, hätte es keinen Heiland am Kreuz gegeben. Glauben Sie nicht auch, dass Satan alles versucht hat?

Ich glaube fest daran, und bestimmt war der Kampf viel größer und dramatischer, als jede menschliche Fantasie es sich ausmalen kann. Doch wissen wir, wer diesen Kampf gewonnen hat. Denn wir wissen, dass Jesus in die Welt kam.

Möge dieses Buch Ihnen helfen, einen neuen Blick für Gottes große Macht und Liebe zu bekommen.

Ich wünsche dem Leser eine frohe Lektüre!

Max Lucado

Der Auftrag des Engels

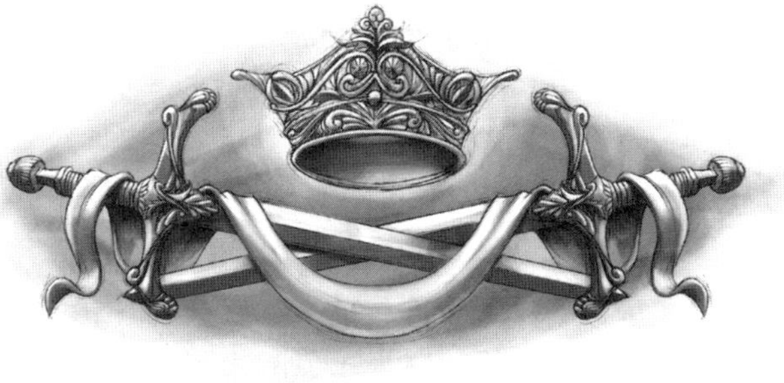

»Gabriel.«

Der bloße Klang Seiner Stimme ließ mein Herz erzittern. Ich verließ meinen Posten am Eingang und trat in den Thronsaal vor meinen König.

Zu meiner Linken stand das Pult, auf dem das Buch des Lebens lag. Vor mir stand der Thron des Allmächtigen Gottes.

Ehrfürchtig trat ich in den Kreis des Ewigen Lichtes, faltete meine Flügel zusammen, um mein Gesicht zu bedecken, und kniete vor Ihm nieder. »Ja, Herr?«

»Du bist ein treuer Diener des Reiches gewesen. Du bist ein edler Bote. Nicht ein Mal hast du deine Pflicht versäumt, nicht ein Mal es an Eifer fehlen lassen.«

Ich neigte meinen Kopf tiefer, badete in den Worten. »Was Du auch verlangst, ich werde es tausend Mal tun, o mein König.«

»Daran habe ich keine Zweifel, lieber Bote.« Seine Stimme wurde plötzlich so feierlich, wie ich es noch nie erlebt hatte. »Aber dein größtes Werk liegt jetzt vor dir. Dein nächster Auftrag besteht darin, ein Geschenk zur Erde zu tragen. Sieh her.«

Ich hob meine Augen und sah Seine ausgestreckte Hand. Sie hielt eine goldene Kette, an der ein durchsichtiges Fläschchen hing.

Die Stimme meines Vaters klang ernst. »Dieses Fläschchen ist noch leer, doch bald wird es Mein größtes Geschenk enthalten. Hänge es um deinen Hals.«

Ich wollte es gerade entgegennehmen, als ich hinter mir eine krächzende Stimme hörte. »Und was für einen Schatz wirst Du dieses Mal auf die Erde schicken?«

Der abfällige Ton ließ mich erstarren. Mein Magen protestierte gegen den plötzlichen Gestank. Dieser Geruch konnte nur von *einem* Wesen kommen.

Blitzschnell zog ich mein Schwert und drehte mich um – bereit, mit Luzifer zu kämpfen.

Die Hand des Vaters lag auf meiner Schulter. Ich stockte.

»Keine Angst, Gabriel. Er wird dir nichts tun.«

Ich trat zurück und starrte Gottes Feind an. Ein schwarzer Umhang verbarg seinen dürren Leib, die Arme und das Gesicht. Ganz unten ragten die Füße hervor, mit je drei Zehen wie Klauen. Die Haut auf seinen Händen glich Schlangenhaut, und seine Finger endeten in langen Krallen. Er zog die Kapuze tiefer ins Gesicht, als Schutzschild gegen das Licht, aber die blendende Helligkeit tat ihm sichtlich weh. Er drehte sich zu mir, als wollte er dem Licht ausweichen, und einen Augenblick lang sah ich unter der Kapuze ein Gesicht wie einen Totenschädel.

»Was starrst du mich an, Gabriel?«, spöttelte er. »Freust du dich so, mich zu sehen?«

Ich fand keine Worte für diesen gefallenen Engel. Was ich vor mir sah und das Bild meiner Erinnerung – beides machte mich sprachlos. Wie herrlich war er vor der Großen Rebellion gewesen: der stolze Führer unserer Heerscharen, die

Flügel weit ausgebreitet, in der einen Hand ein flammendes Schwert, ein Vorbild für uns alle. Wer hatte ihm etwas abschlagen können? Mit seinem samtenen Haar und den kohlschwarzen Augen hatte er alle himmlischen Wesen an Schönheit übertroffen.

Bis auf Unseren Schöpfer selbst natürlich. Niemand verglich Luzifer mit Gott – bis auf Luzifer. Wie er dazu kam? Zu meinen, er sei genauso anbetungswürdig wie Gott? Gott allein weiß es. Ich wusste nur eines: dass Ich Satan seit der Großen Rebellion nicht mehr gesehen hatte, und was ich jetzt vor mir sah, stieß mich ab.

War wirklich nichts von seiner alten Herrlichkeit geblieben? Nein, nichts.

»Dein Auftrag muss dringend sein.« Satan sprach Gott an und wich gleichzeitig seinem Licht aus.

Die Antwort meines Vaters war königlicher Erlass. »Die Zeit ist gekommen, das zweite Geschenk zu senden.«

Satans Kichern fuhr wie ein Windstoß durch seinen Umhang. »So, so, das zweite Geschenk? Ich hoffe, es macht sich besser als das erste.«

»Bist du von dem ersten enttäuscht?«, fragte der Vater.

»Oh, ganz im Gegenteil, es begeistert mich.« Satan hob einen knochigen Finger und buchstabierte ein Wort in die Luft:

FREIHEIT

»Du hast Adam seine Freiheit gegeben«, spottete er. »Und was hat er mit ihr gemacht? Er hat *mich* gewählt! Seit sie die Frucht von dem Baum in dem Garten pflückten, sind Deine Kinder in meiner Gewalt. Sie sind gefallen, damals. Ganz schnell und ganz tief. Sie sind mein! Du hast den Kürzeren gezogen, hehehe!«

»Du klingst sehr zuversichtlich«, erwiderte der Vater. Seine Geduld überraschte mich.

Luzifer machte einen Schritt nach vorne, sein Gewand schleifte hinterher. »Natürlich! Ich vereitele alles, was Du tust! Du machst Herzen weich, ich verhärte sie. Du zeigst die Wahrheit, ich verdunkele sie. Du gibst Freude, und ich stehle sie.«

Er drehte sich und stolzierte wie ein eitler Hahn durch den Thronsaal. »Josef, der von seinen Brüdern verraten wurde – das trägt meine Handschrift. Dass Mose in die Wüste musste, weil er den Ägypter erschlagen hatte – mein Werk. Dass David Batseba beim Baden zusah – das habe ich eingefädelt. Du musst zugeben, dass ich listig war.«

Ihr werdet die Wahrheit erkennen,
und die Wahrheit
wird euch frei machen.

Johannes 8,32

»Listig? Vielleicht. Aber nicht sehr erfolgreich. Ich weiß, was du tun wirst, ehe du es ausgedacht hast. Ich habe den Verrat an Josef benutzt, um Mein Volk aus der Hungersnot zu erretten. Mose habe ich in der Wüste zu Meinem Diener erzogen. David hat Ehebruch mit Batseba getrieben – doch dann hat er seine Sünde bereut, und Tausende sind von seinem Beispiel beflügelt worden und haben gefunden, was er fand: unendliche Gnade. Deine Lügen und Listen ließen Meine Gnade nur um so heller leuchten. Du bist immer noch Mein Diener, Satan. Wann wirst du lernen? Deine schwachen Versuche, Mein Werk zu vereiteln, haben es nur umso stärker gemacht. Alles Böse, das du geplant hast, habe Ich zum Guten gewendet.«

Ein kehlig knurrendes Geräusch drang aus Satans Kehle. Erst war es nur ein leises Brummen, dann schwoll es an, bis sein Brüllen den Thronsaal erfüllte, das die Grundfesten der Hölle erschüttern musste.

Den König schien es nicht zu rühren. »Geht es dir nicht gut?«

Aus Luzifers Stolzieren war ein Schlurfen geworden. Er atmete heftig, suchte nach Worten und nach einer dunklen Ecke, in der er sie aussprechen konnte. Schließlich fand er die Worte, doch keine Dunkelheit. »Zeige mir, o König des Lichtes, zeige mir einen Menschen auf der Erde, der immer das Rechte tut und Deinem Willen gehorcht!«

»Du wagst es, dies zu sagen? Du weißt genau, dass es nur einen Vollkommenen braucht, einen Sündlosen, der für alle anderen stirbt.«

»Ich kenne Deine Pläne, und sie sind gescheitert! Kein Messias wird aus Deinem Volk kommen. Es gibt niemanden, der ohne Sünde ist, keinen Einzigen.« Er kehrte dem Buch des Lebens seinen Rücken zu und begann aufzuzählen: »Nicht Mose. Nicht Abraham. Nicht Lot. Nicht Rebekka. Nicht Elia ...«

Der Vater erhob sich von Seinem Thron. Eine Lichtwoge explodierte, so strahlend hell, dass Luzifer rückwärts stolperte und stürzte.

»Diese Menschen, die du verspottest, sind Meine Kinder!«

Gottes Stimme rollte wie der Donner. »Du vermeinst, viel zu wissen, gefallener Engel, aber du weißt nur wenig. Dein Geist wohnt in dem Talgrund deines Ichs. Deine Augen sehen nicht weiter als bis zur Nasenspitze deiner Wünsche.«

Der König trat an das Pult und nahm das Buch des Lebens in Seine Hand. Er hielt es in Luzifers Richtung und befahl: »Komm her, Vater der Lüge, lies den Namen Dessen, der dich zum

Kampf fordern wird. Lies den Namen Dessen, der durch deine Tore brechen wird.«

Seht! Die Jungfrau wird ein Kind erwarten!
Sie wird einem Sohn das Leben schenken,
und er wird Immanuel genannt werden.
Das heißt, Gott ist mit uns.

Jesaja 7,14

Satan erhob sich wieder, langsam. Wie ein argwöhnischer Wolf ging er in einem weiten Bogen zu dem Pult, bis er vor dem Buch stand und das Wort las.

»Immanuel?«, murmelte er, mehr zu sich selbst gewandt. Dann, lauter: »Gott mit uns?« Zum ersten Mal wandte sich das verhüllte Gesicht direkt dem Vater zu. »Nein. Das würdest noch nicht einmal Du tun. So weit wirst selbst Du nicht gehen.«

»Du hast mir noch nie geglaubt, Satan.«

»Aber *Immanuel*? Der Plan ist absurd! Du weißt nicht, wie es auf der Erde zugeht! Du weißt nicht, wie finster ich sie gemacht habe. Sie ist ein stinkendes Loch. Sie ist böse. Sie ist …«

»Sie ist Mein!«, sprach der König. »Und ich werde zurückfordern und erlösen, was Mein ist. Ich werde Fleisch werden. Ich werde spüren, was meine Geschöpfe spüren, und sehen, was sie sehen.«

»Und ihre Sünden?«

»Ich werde Gnade bringen.«

»Und ihr Tod?«

»Ich werde Leben bringen.«

Satan verstummte.

Gott fuhr fort: »Ich liebe Meine Kinder. Liebe nimmt nicht die Freiheit des Geliebten. Aber sie nimmt die Furcht. Und Immanuel wird ein Volk furchtloser Kinder hinterlassen. Sie werden weder dich noch deine Hölle fürchten.«

Satan machte einen Schritt zurück. Seine Stimme wurde die eines kleinen Jungen. »D-d-doch, das werden sie!«

»Ich werde alle Sünde wegnehmen. Ich werde den Tod wegnehmen. Und ohne Sünde und ohne Tod hast du keine Macht.«

Satan ging im Kreis herum und wieder herum, seine Klauenhände schlossen und öffneten sich. Als er endlich stehen blieb, stellte er die Frage, die auch mir durch den Kopf ging: »Warum? Warum machst Du das?«

Die Stimme des Vaters war tief und leise. »Weil Ich sie liebe.«

Die beiden standen einander gegenüber. Sie schwiegen. Die Pole des Universums waren vor mir. Gott im Lichtgewand, jede Faser heller als ein Stern. Satan im schwarzen Kleid des Bösen, jeder Faden wie eine kriechende Schlange.

Frieden und Angst. Weisheit und Torheit. Der eine der Erlöser, der andere der Verkläger.

Über das, was danach geschah, habe ich lange nachgedacht. Tausendmal rief ich mir diesen Augenblick wieder ins Gedächtnis, aber ich bin heute noch gerade so erstaunt wie damals im Thronsaal. In meinen kühnsten Träumen hätte ich es mir nicht vorstellen können, was mein König nun tat.

Hätte Er Satan geboten, zu gehen – wer hätte Ihm das verübelt?

Hätte Er ihm das Leben genommen – wer hätte ihm eine Träne nachgeweint?

Hätte Er mir befohlen, den Bösen anzugreifen – ich hätte es liebend gern getan. Aber Er tat nichts dergleichen.

Aus dem gleißenden Kreis des Lichts erschien Seine ausgestreckte Hand. Von Seinem Thron kam eine herzliche Einladung. »Willst du dich endlich ergeben? Willst du zu Mir zurückkehren?«

Ich kenne die Gedanken Satans nicht, aber ich glaube, dass das böse Herz eine kurze Sekunde lang weicher wurde. Der Kopf neigte sich etwas zur Seite, als überrasche ihn das unerhörte Angebot. Doch dann ging dieser Augenblick vorüber, und sein Kopf schnellte wieder hoch.

»Wo werden wir kämpfen?«, knarrte er.

Der Vater seufzte über die Hartnäckigkeit des schwarzen Engels. »Auf einem Hügel namens Golgatha.«

»Wenn Du es bis dahin schaffst.« Satans Gesicht verzog sich zu einem Grinsen, dann drehte er sich um und stolzierte aus dem Thronsaal hinaus. Ich sah, wie seine stacheligen Flügel sich ausbreiteten und er in die Weiten des Himmels hinausschoss.

Der Vater blieb einen Augenblick lang reglos stehen, dann wandte Er sich zurück zu dem Buch. Er öffnete es im letzten Kapitel und las langsam Worte vor, die ich noch nie gehört hatte. Keine Sätze, nur Worte. Und nach jedem machte Er eine Pause.

Jesus.
Nägel.
Kreuz.
Blut.
Grab.
Leben.

Er winkte mir zu. Ich kniete mich nieder. Er reichte mir die Kette und sagte: »In diesem

Fläschchen wird Mein Wesen sein. Ein Same soll in den Leib eines jungen Mädchens gepflanzt werden. Sie heißt Maria und wohnt unter Meinem erwählten Volk. Die Frucht des Samens wird der Sohn Gottes sein. Bringe ihr dies.«

»Aber woran werde ich sie erkennen?«, fragte ich.

»Sorge dich nicht. Du wirst sie erkennen.«

Sie wird einen Sohn zur Welt bringen.
Du sollst ihm den Namen Jesus geben,
denn er wird sein Volk von
allen Sünden befreien.

Matthäus 1,21

Ich verstand Gottes Plan nicht, aber das Wichtige war nicht, dass ich ihn verstand. Das Wichtige war, dass ich gehorchte. Ich senkte meinen Kopf, und Er legte mir die Kette um den Hals. Ich schaute hinunter. Das Fläschchen war nicht mehr leer, sondern voller Licht.

»Jesus. Sage ihr, sie soll Meinen Sohn *Jesus* nennen.«

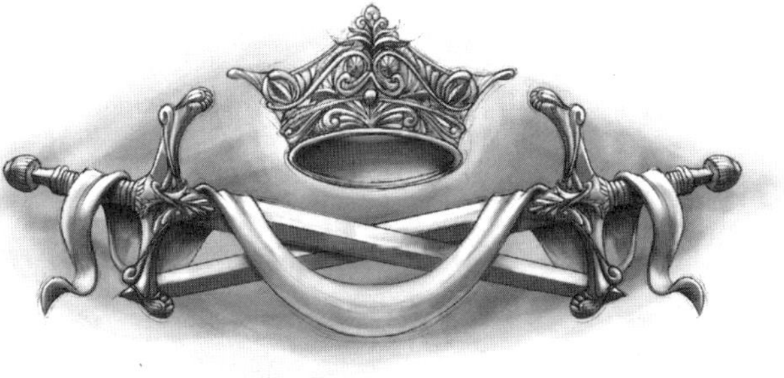

Wie begeisternd war unsere Verabschiedung gewesen! Michael, der Erzengel, las Worte aus dem Buch des Mutes. Die Heerscharen ehrten den Vater mit Lobgesängen und baten Seinen Geist, unsere Schar zu begleiten. In einem Ausbruch von Licht erhob sich der Vater von Seinem Thron und gab uns Worte der Kraft mit auf den Weg.

Den anderen Engeln sagte Er: »Seid stark, Meine Diener.«

Mir schärfte Er ein: »Gabriel, so groß dein Wunsch ist, den Samen sicher auf die Erde zu bringen, so groß ist der Wunsch Satans, ihn zu vernichten. Doch habe keine Angst, denn Ich bin bei dir.«

»Dein Wille geschehe«, erwiderte ich und nahm meinen Platz an der Spitze der Schar ein. Es war

Zeit aufzubrechen. Ich stimmte das Preislied an, und einer nach dem anderen fielen die Engel in den Gesang ein.

Ein letztes Mal blickte ich zu dem Licht, dann drehten wir uns um und flogen in die Himmelsweiten hinaus.

Wir flogen auf den Wellen Seines Lichtes, auf den Wogen unseres Gesangs. Zu meiner Rechten war Paragon, links Aegus. Beide hatte der Vater persönlich als Wächter des Fläschchens ausgewählt. Beide waren sie unermüdlich fähig, wendig, gehorsam.

So gewaltig war unsere Schar, dass ich ihr Ende nicht sehen konnte. Unsere Kraft kannte keine Grenzen. Wie ein Sturzbach aus Sternen flogen wir durch das Universum, ich an der Spitze, Tausende Engel hinter mir. Dann und wann drehte ich mich kurz um, um das silberne Meer sich ruhig hebender und senkender Flügel zu genießen.

Wie ein stetiger Strom ertönte spontaner Lobgesang:

»Alle Ehre unserem Gott!«

»Er allein ist würdig!«

»Mächtig ist der König der Könige und Herr aller Herren!«

»Gott gehört der Sieg!«

Ehre sei Gott in der Höhe
und Friede auf Erden
bei den Menschen seines Wohlgefallens.

Lukas 2,14

Ich hatte nur die fähigsten der Engel zu meinen Begleitern gewählt, denn nur die Fähigsten konnten dem Feind entgegentreten. Alle Engel waren bereit gewesen, mir zu folgen, aber ich berief nur die allerbesten Krieger.

Wir flogen an der Galaxie von Ebon vorbei und erreichten die Konstellation der Emmanäen. Aus dem Augenwinkel heraus sah ich kurz Exalon;

den Planeten, der für jedes Kind, das dem Vater treu war, einen Ring trug. Es ging weiter, durch die Clarion-Konstellation und in den Sternkreis des Darius.

Von meinem Hals baumelte das leuchtende Fläschchen, dessen Geheimnis nach wie vor meinen Verstand überstieg.

Von hinten drang die leise Stimme Sophios an mein Ohr. Der Vater hat ihn mit Weisheit begnadet, und ich habe ihn auf viele Reisen mitgenommen. Seine Aufgabe ist immer dieselbe: »Flüstere mir Wahrheit zu«, sage ich ihm, und genau dies tut er: »Luzifer ist der Vater der Lügen. Es ist keine Wahrheit in ihm. Er kommt, um zu stehlen, zu töten und zu zerstören.«

Mit meinem Mut wuchs meine Geschwindigkeit. Wir wussten: Unser Auftrag würde gelingen! Wir hatten keine Ahnung, dass der Kampf schon so bald kommen würde. Kaum hatten wir den Kamm der Zeit überflogen, als Paragon rief: »Alle bereit!«

Plötzlich befand ich mich in einem unsichtbaren Netz. Reihe um Reihe stießen die Engel gegen mich. Selbst die Nachhut war zu schnell, um der Falle auszuweichen. Binnen weniger Augenblicke waren wir ein einziges Knäuel von flatternden Flügeln und gegeneinanderstoßenden Engeln.

Bevor wir unsere Schwerter ziehen konnten, hatten unsere Gegner das Netz so eng gezogen, dass wir uns nicht mehr bewegen konnten. Ich hörte, wie sie spotteten.

»*Ihr* wollt die Elite des Himmels sein? Ha!«

»In den Abgrund mit euch!«

»Gleich werdet ihr den wirklichen Herrn sehen!«

Aber sie frohlockten zu früh. Der König hatte mich auf dieses Netz des Bösen vorbereitet. Ich wusste genau, was ich zu tun hatte.

»Heilig, heilig, heilig ist der Herr, der Allmächtige!«, rief ich.

»Heilig, heilig, heilig ist der Herr, der Allmächtige!« Wieder und wieder pries ich meinen Herrn, und meine Engel hörten es und fielen ein.

Plötzlich, geschwächt durch diese Worte der Wahrheit, ließen die Höllenhunde die Seile los, und wir brachen aus dem Netz aus.

»Der Herr liebt, die ihn loben!«, rief Sophio triumphierend.

Heilig, heilig, heilig
ist der Herr, Gott, der Allmächtige,
der immer war, der ist und
der noch kommen wird.

Offenbarung 4,8

Wir schwangen unsere Schwerter, bis sie wie eine einzige flammende Wand des Lichts waren. Die Dämonen, plötzlich geblendet, stießen blind gegeneinander. Dann flohen sie. Ich schickte eine Abteilung los, um sie zu verfolgen. »Sorgt dafür, dass sie nicht wiederkommen!«, wies ich sie an.

Ich musterte unsere Flanken, erst die rechte, dann die linke. Keine Verluste. Der Hinterhalt hatte uns nur noch entschlossener gemacht. Ich begann zu singen, und wir setzten unsere Reise fort und badeten im Licht unserer Schwerter und in der Musik unseres Lobgesangs.

Wir passierten den goldenen Planeten, Eskolada, das Zeichen, dass wir uns nun in der erwählten Galaxie befanden. Wir kennen diese Sterne gut. Wir besuchen sie oft auf unseren Botengängen. Aber trotz aller lieben Erinnerungen an diese Konstellationen machten wir keine Pause; unser Auftrag war zu wichtig.

»Gabriel.« Es war Paragon, der meinen Namen rief. »Schau, dort hinten.«

Solch einen Dämon hatte ich noch nie gesehen. Sein schakalartiger Kopf saß auf einem langen, schuppigen Hals und drachenähnlichen Körper. Seine Flügel streckten sich so weit, dass sie ein Dutzend meiner Kämpfer bedecken konnten. Jeder einzelne seiner vier Füße schien stark genug zu sein, um einen Engel zu zermalmen. »Wer ist das?«, fragte ich Paragon und Aegus. Es war Sophio, der antwortete.

»Das ist Phlumar.«

»Phlumar? Das kann doch nicht sein!« Vor der Großen Rebellion war er unser Vorsänger und edelster Streiter gewesen. Wie oft war er uns vorangeflogen mit dem anmutigen Schlag seiner schimmernden Flügel. Viele der Lieder, die ich heute singe, hörte ich das erste Mal von Phlumars Lippen. Ich konnte es kaum glauben, was aus ihm geworden war.

Wo waren sie geblieben, seine unvergesslich klaren Augen, sein weißes Gewand, der Glanz der Freude um sein Gesicht? Ich kam näher, und der Gestank des Bösen ließ mich zusammenzucken. Ich hielt mein Schwert bereit, bereit, den sicheren Angriff zu parieren.

Doch er griff nicht an. Er stellte nur eine Frage: »Mein Freund, wie lange ist es her?« Die Stimme klang so herzlich, wie es die Verstellungskünste eines Erzdämons überhaupt zulassen.

»Nicht lange genug, du Kind der Hölle!«, schrie ich in sein Gesicht, als ich an ihm vorbeiflog. Ich wagte nicht anzuhalten. Ich traute meinen Gefühlen nicht. Auch nicht meiner Kraft. Besser in Bewegung bleiben. Schon flog er neben mir.

»Gabriel, hör mich an!«

»Dein Fürst ist ein Lügner und der Vater der Lügen.«

*Jesus sagte zu ihm: »Ich bin der Weg,
die Wahrheit und das Leben.
Niemand kommt zum Vater
außer durch mich.«*

Johannes 14,6

»Mein Fürst hat sich verändert«, sagte Phlumar.

Immer noch verlangsamte ich mein Tempo nicht. Aus dem Augenwinkel heraus konnte ich Aegus und Paragon sehen, die Augen wachsam geöffnet, ihre Hände an ihren Schwertern. Sie warteten nur auf mein Kommando. Ich betete, dass sie nicht die Sorge in meinen Augen sehen würden. Wenn Phlumar auch nur ein Zehntel seiner alten Kraft behalten hatte, würde er ein ganzes Bataillon vernichten, bevor ich überhaupt reagieren konnte. Er war der Stärkste in unseren Rängen gewesen.

Phlumar fuhr fort: »Ein Wunder ist geschehen, seit ihr aufgebrochen seid. Mein Meister hat gesehen, wie ihr unsere Streitmacht in die Flucht geschlagen habt. Eure Stärke und seine Schwäche haben ihn erschreckt. Und nicht weniger erstaunt hat ihn das Gnadenangebot im Thronsaal. Er sagt, du seist dabei gewesen, Gabriel. Hast du es gesehen?«

Ich antwortete nicht, aber ich sah sie wieder vor mir – Gottes ausgestreckte Hand. Und dann, wie der Feind den Kopf geneigt hatte und ich den Eindruck gehabt hatte, dass etwas in ihm getroffen worden war. Konnte es sein, dass Satans Herz sich wirklich geöffnet hatte?

Phlumars Stimme nahm einen bittenden Ton an: »Komm, Gabriel. Rede mit Prinz Luzifer. Sprich in sein Herz, tu es für den Vater. Erzähle ihm von der Liebe deines Herrn. Auf dich wird er hören. Lass uns gemeinsam zu ihm gehen und in ihn dringen, Buße zu tun.«

Phlumar wurde schneller, flog ein Stück voraus und blieb unvermittelt stehen, sodass ich ebenfalls anhalten musste. Groß und mächtig schwebte er über mir. Ich hatte geglaubt, auf alles vorbereitet zu sein – aber dies hier, es war neu. Ich betete um die rechte Weisung.

»Wir beide zusammen, Gabriel, du und ich, wie früher«, fuhr der Drache fort. »Es ist möglich. Wir können uns zusammenschließen. Satans Herz ist reif; meines ist schon anders geworden.«

Plötzlich wusste ich, was ich tun musste. Natürlich. Ich dankte Gott stumm für seine Hilfe und Leitung.

»Du sagst, dein Herz hat sich geändert, Phlumar?«

Der riesige Kopf nickte. Ich sah zu Paragon und Aegus hin. Die Angst auf ihren Gesichtern wich der Neugier.

»Und du möchtest dich uns anschließen?«

»Ja, Gabriel, das möchte ich. Die ganze Rebellion war ein Fehler. Du und ich, wir werden mit Luzifer reden. Ich möchte nichts lieber, als in den Himmel zurückkehren. Ich wünsche mir so sehr meine Pracht von damals zurück.«

Mein Plan war fertig. »Das ist ja wunderbar, Phlumar!«

Jesus erwiderte: »In der Schrift steht:
Du sollst den Herrn, deinen Gott,
anbeten und nur ihm allein dienen.«

Lukas 4,8

Ich las die Überraschung auf den Gesichtern meiner Engel. Ich fuhr fort: »Unser Gott ist ein guter Gott, der langsam zum Zorn ist und gerne vergibt. Sicherlich hat Er dein Bekenntnis gehört.« Ich unterbrach mich und stieg höher, sodass ich ihm in die Augen schauen konnte: »Lass uns gemeinsam unsere Stimmen zu Seinem Lob erheben.«

Ein Blitz der Angst zuckte über Phlumars Gesicht. Sophio, der meinen Plan erkannte, fiel ein:

»Du sollst den Herrn, deinen Gott, anbeten!«

»Aber – wie geht das noch? Ich kenne den Text nicht mehr!«

Meine Kämpfer, die merkten, was Phlumar im Schilde führte, begannen ihn einzukreisen. Ich flog noch näher zu ihm und sagte mit fester Stimme: »Du bist doch sicher bereit, unseren Herrn anzubeten? Du kannst doch die Loblieder nicht vergessen haben? Öffne deinen Mund und bekenne den Namen des Herrn!«

Phlumar schaute nach rechts und links und sah, dass er umzingelt war. »Mach mit«, sagte ich. »Wenn dein Herz wirklich anders geworden ist, dann lobe Gott mit uns.« Ich zog mein Schwert. »Und wenn nicht, dann kämpfe wie ein Mann!«

Phlumar wusste, dass sein Plan misslungen war. Er wollte, nein, er *konnte* den Allmächtigen Gott nicht anbeten. Sein Herz gehörte Satan. Er ruckte seinen Hals zur Seite, um uns in die nächste Galaxie zu fegen. Hätten wir nur *unsere* Kraft gehabt, es wäre ihm gelungen. Unsere ganze Schar zusammen hätte seiner Kraft nicht widerstehen können. Aber Gott schickte uns Kraft von oben, und in dieser Kraft stürzten wir uns augenblicklich auf den Dämon.

Bevor er den Angriff erwidern konnte, drangen hundert Lichtschwerter durch seinen lederartigen Panzer, dass er wie Wachs zerschmolz. Das wenige Fleisch, das noch an seinen Knochen war, wurde sofort fleckig und faulig. Aus seinem Mund kam Schaum, dann ein heulender Schrei der Verlassenheit, wie ihn die Himmel noch nicht gehört hatten.

»Tötet mich«, bettelte er, die Stimme plötzlich gebrochen und rau. Er wusste: Jeder Tod durch unsere Schwerter wäre Gnade im Vergleich zu der Strafe, die ihn aus den Händen Luzifers erwartete.

»Die Engel sind mit Ketten der Finsternis auf den Tag des Gerichts gebunden«, erinnerte ich ihn. »Allein der Vater kann töten, was ewig ist.« Und mit einer raschen Drehung unserer Schwerter warfen wir diesen Dämon des Todes in den

Abgrund. Einen Augenblick lang tat er mir leid, aber das Mitleid war kurz, als ich daran dachte, wie bereitwillig er dem Fürsten der Finsternis und seinen falschen Versprechungen gefolgt war.

O Bethlehem in Judäa,
du bist alles andere als ein unbedeutendes Dorf,
denn ein Herrscher wird aus dir hervorgehen,
der wie ein Hirte mein Volk Israel führen wird.

Matthäus 2,6

Ich erhob meine Stimme und lobte Gott für unseren Sieg und meine Errettung. Ich musste an die Prophezeiung denken, die der Vater mir gegeben hatte: »So groß wie dein Wunsch, den Samen sicher auf die Erde zu bringen, so groß ist der Wunsch Satans, ihn zu vernichten.«

Wir hoben unsere Hände zum Himmel und verkündeten den Namen über alle Namen und setzten unsere Reise fort. Bald erreichten wir das Sonnensystem, in dem die Erde lag. Ich hob meinen Kopf, zum Zeichen für die anderen, ihr Tempo zu drosseln. Schon befanden wir uns in der Erdatmosphäre, und ich suchte nach dem winzigen Landstrich, auf dem das Volk der Verheißung wohnte.

Wie viel ist Ihm dieser Planet wert!, dachte ich. Andere sind größer. Oder herrlicher. Doch keiner ist so wie geschaffen für Adam und seine Kinder. Und jetzt war die Stunde da. Unter mir lag die kleine Stadt, in der die Erwählte Gottes lag und schlief.

»Da seid ihr ja.«

Die Stimme, vor der mir graute. Einen Augenblick später stand er vor uns und brachte uns zum Stehen.

»Du hast deine alte Tracht an, Luzifer«, sagte ich.

Die Engel Gottes staunten, und ich nicht weniger. War dies hier derselbe Teufel, der im himmlischen Thronsaal so widerwärtig auf mich wirkte?

Sein raues Flüstern war einem sonoren Bariton gewichen. Seine skelettartige Figur hatte die Anmut und Kraft einer griechischen Statue angenommen. Im Schein seines Lichts wirkten unsere weißen Gewänder grau. Vor dem Klang seiner Stimme klangen die unseren nur wie ein

Winseln. Wir hoben unsere Schwerter, aber sie flackerten wie Kerzen in der Sonne.

Verwirrt und erstaunt betrachtete unsere Schar den Teufel. Vor unserem Aufbruch hatte Michael versucht, uns zu warnen. Doch keine Worte können angemessen auf Luzifer vorbereiten. Ohne ein einziges Wort kann er bezaubern; ohne den Arm zu heben, entwaffnen; ohne den Finger zu rühren, verführen. Mächtige Engel sind ihm widerstandslos gefolgt.

Aber ich hatte die Worte des Vaters in meinem Herzen: »Er ist ein Lügner von Anbeginn an.«

Der Teufel sah mich milde lächelnd an. »Gabriel, Gabriel. Wie oft habe ich deinen Namen ausgesprochen? Meine Diener könnten es dir sagen. All die Jahre hindurch bin ich dir gefolgt. Du bist ein Engel der Treue. Und jetzt wird deine Treue belohnt. Du hast den Auftrag aller Aufträge bekommen.«

Er legte seinen Kopf zurück und lachte. Nicht ein böses Lachen, sondern ein göttliches. Wie gut er den König nachahmen konnte!

»Ich mache dir nichts vor«, sagte er, als ob er meine Gedanken las. »Das ist echt. Ich freue mich, dass du unsere Prüfung so gut bestanden hast.«

Ich sah ihn fragend an.

»Hat Er dir das noch nicht gesagt, mein Freund? Wie weise ist unser Himmlischer Vater. Wie freundlich von Ihm, dass Er mir das Vorrecht schenkt, dich aufzuklären. Er wollte deine Treue prüfen. Dein ganzer Auftrag war ein Test. Der Tag des Schmerzes. Die himmlische Rebellion. Der Sturz der Engel. Mein Besuch im Thronsaal. Das Netz. Phlumar. All das sollte dich nur prüfen – prüfen und vorbereiten. Und jetzt, o Gabriel, entbieten der König und ich dir unsere Glückwünsche. Du hast dich als treu erwiesen.«

Ich hatte gedacht, jede List Luzifers zu kennen, jede Untat, jede Lüge. Ich hatte geglaubt, dass mich nichts mehr überraschen könnte.

Doch dieses Verhalten hier war neu, unerhört neu. Oh, wie listig er ist. Wie ehrlich und lauter er sich anhörte.

»Glaubst du im Ernst, dass ich je gegen Gott rebellieren könnte?«, deklamierte er. »Gegen den Vater der Wahrheit? Niemals? Ich liebe Ihn. Ich *liebe* Ihn!«

Seine theatralische Stimme war belegt vor scheinbarer Rührung. »Er hat mich doch erschaffen! Er hat mir meinen freien Willen gegeben. All die Zeit habe ich Ihn aus der Ferne angebetet – damit Er dich prüfen konnte. Und jetzt, mein Freund, hast du die Prüfung des Vaters bestanden. Warum sonst hätte Er dich zum Zeugen meines Besuches im Himmel gemacht? Es war alles abgesprochen. Es war Gottes Meisterprüfung deiner Treue und Hingabe.«

Seine Worte zogen an meiner Brust. Ich ließ meinen Arm mit dem Schwert sinken. Auch mein Arm, der den Schild hielt, hing schlaff an meinem Körper herunter. Mir schwirrte der Kopf. Was ist das, was ich hier fühle? Was ist das für eine Kraft? Ich weiß, dass er böse ist, aber ich merke, wie ich weich werde. Ich habe Lust, ihn zu lieben und ihn zu töten, ihm zu vertrauen und ihn zurückzuweisen. Ich drehte mich zu Aegus und Paragon um. Auch sie hatten ihre Waffen sinken lassen, auch ihre Gesichter verrieten, dass sie den Worten des Betrügers zu glauben begannen. Und hinter ihnen – das Gleiche. Ein Lichtschwert nach dem anderen erlosch. Es war unglaublich. Mit ein paar Worten konnte Luzifer ganze Engellegionen in seinen Bann schlagen. Ist das wirklich wahr? Wie ähnlich er dem Vater sieht. Wie seine Stimme nach Seiner klingt …

Wir alle waren drauf und dran, in seine Gewalt zu geraten.

Alle, bis auf einen. Hinten konnte ich Sophio sehen. Seine Augen waren nicht auf Luzifer gerichtet, sondern nach oben. Und dann hörte ich seine Stimme, eine feierliche Erklärung, die immer lauter wurde, bis sie wie eine Posaune erschallte:

Weder Tod noch Leben,
weder Engel noch Dämonen,
weder die Gegenwart
noch die Zukunft,
weder Hohes noch Tiefes,
nichts und niemand
in der ganzen Schöpfung
kann uns trennen von
der Liebe Gottes!

Ich sah, wie Sophios Gebet wie ein mächtiger Lichtstrahl zum Himmel stieg. Ich folgte dem Strahl mit meinen Augen – und sah, wie an seinem oberen Ende mein Vater stand. Ein Blick auf Seine Herrlichkeit, und der Nebel meiner Verwirrung lichtete sich. Ich richtete mich zu meiner ganzen Größe auf und brachte meinen Schild in Stellung. Luzifer sah Sophios Gebet ebenfalls; er erlebte zum ersten Mal, wie Sophio betete.

Augenblicklich verschwand sein Lächeln, dann zwang er es zurück.

Weder Tod noch Leben,
weder Engel noch Mächte,
weder unsere Ängste in der Gegenwart
noch unsere Sorgen um die Zukunft,
ja nicht einmal die Mächte der Hölle
können uns von der Liebe Gottes trennen.

Römer 8,38

Er sprach schnell, aber der kratzige Ton seiner echten Stimme kehrte zusehends zurück. »Der Vater erwartet uns, Gabriel. Lass uns zur Feier Seines Sieges das Fläschchen zerbrechen und dann voller Freude zurückkehren! Dein Auftrag ist erfüllt, du wirst mit einem Thron wie dem meinen belohnt werden, du wirst sein wie Gott!«

Wenn Satan eine Chance gehabt hatte, verlor er sie in diesem Augenblick. »Lügner!«, rief ich aus. »Diese Worte habe ich schon einmal gehört, dieses Versprechen kenne ich. Es ist eine Lüge, und du bist der Vater der Lügen. Du stinkst. Zur Hölle mit dir!«

Ich wusste, dass mein Schwert Luzifer nicht aufhalten konnte. Ich zog es dennoch. »Allmächtiger Gott, bewahre uns!«, betete ich. Und Er bewahrte uns. Von der Spitze meines Schwertes ging ein solch starkes Licht aus wie nie zuvor – so hell, dass Luzifer seine Augen bedeckte und einen Hagel von Flüchen ausstieß.

Ich sah zu meinen Engeln hin. Wach und bereit, die Schwerter trotzig erhoben, standen sie hinter mir. Der Bann war gebrochen, ihr Mut zurückgekehrt. Das unablässig anschwellende Licht fiel auf den Teufel und enthüllte das, was ich im Thronsaal unter der Kapuze seines Gewandes geahnt hatte. Jetzt war die Kapuze zurückgeschlagen, und das Totenschädelgesicht grinste gen Himmel.

Ich trieb mein Lichtschwert in das Herz des Teufels. Aegus tat das Gleiche von der anderen Seite. Der Hitzeball, zu dem unsere Lichter sich vereinigten, ließ Satan vor Schmerzen schreien und sich winden. Die Schatten von tausend Höllenqualen sprangen aus ihm hervor: Einsamkeit, Wut, Angst…

In einem letzten Aufbäumen wirbelte Luzifer zu mir herum, sein Arm schoss auf das Fläschchen zu. Er hatte keine Chance. Schon sauste Paragons Schwert von oben herab. Ein Blitz, und Satans Hand flog von seinem Arm und rollte in die Nacht hinaus. Der Gestank war überwältigend und wir duckten uns hinter unsere Schilde. Satan warf seinen Kopf zurück, das Gesicht schmerzverzerrt. Die Stimme, die eben noch gesäuselt hatte, war jetzt ein Schlangenzischen.

»Ich komme wieder! Ich komme wieder!«

Sophio schüttelte angewidert den Kopf. »Der Teufel als *Engel des Lichts* …«, murmelte er leise.

So plötzlich wie er gekommen war, war Satan wieder verschwunden, und wir brachen in Lobgesänge aus.

»Heilig, heilig, heilig ist der Herr, der Allmächtige!«

»König der Könige und Herr aller Herren!«

Und der Vater nahm unser Lob an, und während Er dies tat, flüsterte Er mir zu. Es war, als ob Er gerade neben mir stand. »Geh, Gabriel. Geh zu Maria.«

»Seht! Die Jungfrau wird ein Kind erwarten!
Sie wird einem Sohn das Leben schenken,
und er wird Immanuel genannt werden.
Das heißt, Gott ist mit uns.«

Matthäus 1,23

Auf einer Woge der Anbetung flog ich los, dieses Mal allein. Ich brach durch die Wolken, die Erde breitete sich unter mir aus. Ich sah die Stadt, in der Maria geboren worden war. Der Vater hatte recht; ich erkannte sie sofort. Kein Schatten ver-

dunkelte ihr Herz, eine solch reine Seele hatte ich noch nie gesehen.

Ich erreichte den Boden. »Maria.« Ich sagte es leise, um sie nicht zu sehr zu erschrecken.

Sie drehte sich um, aber schien mich nicht zu sehen. Ach ja, natürlich – für sie war ich unsichtbar. Ich klappte meine Flügel vor meinen Leib und nahm eine sichtbare Gestalt an. Sie bedeckte ihr Gesicht gegen das Licht und drückte sich in den Schutz des Hauseingangs.

»Habe keine Angst«, sagte ich.

In diesem Augenblick blickte sie zum Himmel.

Ich staunte wieder und pries meinen Vater für Seine Weisheit. Ihr Herz war so makellos, so bereit. »Sei gegrüßt. Der Herr ist mit dir.«

Ihre Augen weiteten sich. Sie drehte sich zur Seite, als wollte sie wegrennen. Ich fuhr rasch fort: »Maria, du brauchst keine Angst zu haben. Du hast Gnade bei Gott gefunden. Du wirst schwanger werden und einen Sohn zur Welt bringen; den sollst du *Jesus* nennen. Er wird groß sein und Sohn des Allerhöchsten genannt werden. Gott der Herr wird ihm den Thron seines Vaters

David geben. Er wird König sein über das Haus Jakobs in Ewigkeit, und sein Reich wird niemals untergehen.«

Sie hörte mir verwirrt zu. Sie schien nicht zu wissen, was sie glauben sollte.

»Wie soll das zugehen?«, sagte sie. »Ich habe noch nie mit einem Mann geschlafen.«

Bevor ich antwortete, blickte auch ich zum Himmel. Ich sah den Vater. Er gab mir Seinen Segen.

Ich fuhr fort: »Der Heilige Geist wird über dich kommen, und die Macht des Allerhöchsten wird dich überschatten. Darum wird das Kind, das du gebären wirst, heilig und Sohn Gottes genannt werden. Für Gott ist nichts unmöglich.«

Maria sah mich an, dann hoch in den Nachmittagshimmel. Sie schaute lange in die Bläue hinauf, so lange, dass ich schließlich ihrem Blick folgte. Sah sie die Engel? Öffnete sich der Himmel Gottes für sie? Ich weiß es nicht. Aber als sie mich wieder ansah, lächelte sie.

»Ja, jetzt sehe ich's: Ich bin die Magd des Herrn, bereit, Ihm zu dienen. Möge mir geschehen, wie du gesagt hast.«

Während sie diese Worte aussprach, erschien in ihrem Leib ein Licht. Ich schaute zu dem Fläschchen hinunter. Es war leer.

Der Heilige Geist wird über dich kommen,
und die Macht des Allerhöchsten
wird dich überschatten.
Deshalb wird das Kind, das du gebären wirst,
heilig und Sohn Gottes genannt werden.

Lukas 1,35

Josef führte den Esel an den Wegrand und fuhr sich über die Stirn. »Wir müssen eine Übernachtungsmöglichkeit finden. Es wird dunkel, bevor wir Bethlehem erreichen.«

Maria reagierte nicht. Josef ging um das Tier herum und blickte seiner Frau ins Gesicht. Sie schlief, das Kinn auf der Brust, die Hände auf ihrem Bauch. Wie hatte sie das geschafft – auf dem Rücken eines Esels einzuschlafen?

Plötzlich schnellte ihr Kopf hoch, ihre Augen öffneten sich. »Sind wir da?«

»Nein.« Ihr junger Ehemann lächelte. »Wir haben noch ein paar Stunden vor uns.

Aber da vorne ist ein Gasthaus. Sollen wir uns da für die Nacht einquartieren?«

»Oh, Josef. Ich glaube, es ist besser, wenn wir weitergehen, bis wir in Bethlehem sind.« Sie hielt inne. »Aber kurz einkehren können wir ja vielleicht.«

Er lächelte seufzend, drückte ihr die Hand und ergriff wieder die Zügel des Esels. Er führte das Tier zu dem schlichten Haus am Wegrand und hob seine Braut vorsichtig herunter. »Es sieht voll aus.« Es dauerte etwas, bis Josef eine Bank gefunden hatte, wo sie sich setzen konnten.

»Ich geh eben und hol uns was.«

Josef bahnte sich einen Weg durch die Menge der Gäste. Als er sich umdrehte, sah er, wie eine Frau sich auf seinen leeren Platz setzte. Maria wollte protestieren, doch dann lächelte sie, schaute durch die Menge zu Josef hin.

Sie kann einfach nicht unfreundlich sein, dachte er.

In dem ganzen bizarren Drama der letzten Monate gab es nur eines, dessen er sich voll und ganz sicher war: das Herz seiner Frau. So eine wie sie war ihm noch nie begegnet. Dass ihr am hellen Nachmittag ein Engel erschienen war – na gut, vielleicht hatte ihr ein Lausejunge etwas vorgespielt. Der Engel, der ihm selber im Schlaf erschienen war – schön, das konnte Gott gewesen sein, aber auch zu viel Wein. Und die Sache mit ihrem Onkel, der so lange nicht sprechen konnte, bis ihr Vetter geboren wurde? Vielleicht hatte der Mann was am Kehlkopf gehabt, eine verschleppte Erkältung etwa.

Aber dass sie schwanger war, obwohl sie noch Jungfrau war? Maria log nicht. Sie war so rein wie ein Engel.

Wenn Maria sagte, dass sie eine Jungfrau war, dann war sie eine. Und wenn sie sagte, dass das Kind der Sohn Gottes war, dann hoffte Josef nur, dass seine Nase von der väterlichen Seite kommen würde.

Mit ihrem runden Gesicht und der kleinen, schon vor der Schwangerschaft etwas pummeligen Figur war Maria keine Schönheit. Aber ihre Augen leuchteten, und ihr Herz schien größer zu sein als das Meer. Ständig hatte ihr Gesicht das verhaltene Lächeln von jemandem, der im nächsten Augenblick die Pointe eines guten Witzes erzählen wird. Ja, das war Maria. Jetzt rappelte sie sich hoch, damit sich auch der Ehemann der Frau setzen konnte, die Josefs Platz belegt hatte. Josef schüttelte den Kopf.

Der Mann wollte protestieren, aber sie hob beschwichtigend ihre Hand. Sie ging, oder vielmehr watschelte, zu Josef. »Ich muss mal stehen«, raunte sie ihm zu.

Sie hatten beide inständig gehofft, dass das Kind noch in Nazareth kommen würde, wo ihre Verwandten wohnten. In Bethlehem kannten sie niemand.

Josef bot ihr seinen Arm, und die beiden lehnten sich an die Wand. »Möchtest du wirklich weiter?«

Sie nickte, und nach etlichen »Entschuldigung!« und »Dürften wir eben durch?« erreichten sie die Tür.

»Könnte ich noch etwas Wasser haben?«, fragte Maria.

»Natürlich, Schatz. Warte eben draußen.«

Maria lehnte sich an einen Baum, während Josef sich vor dem Brunnen anstellte. Sie sah, wie er mit dem Mann, der vor ihm in der Schlange stand, ein Gespräch anfing, und lächelte. Josef fand immer schnell Anschluss. Als er mit Wasser zurückkam, folgte der Fremde ihm.

»Maria, das ist Simon. Er will auch nach Bethlehem und bietet uns einen Platz auf seinem Ochsenkarren an.«

Sie sah den Mann an. »Das ist sehr freundlich von dir.«

Simon lächelte. »Zu dritt ist man nicht so allein. Bindet euren Esel hinten an.«

»Entschuldigung, habt ihr gerade ›Bethlehem‹ gesagt? Hättet ihr noch Platz für einen mehr?«

Die Stimme gehörte einem alten Mann mit langem weißem Bart und der Tracht eines Rabbis. Simon nickte.

Josef half erst Maria auf den Karren, dann bot er dem Rabbi seine Hilfe an. »Wie heißt du?«

»Gabriel«, antwortete ich und setzte mich Maria gegenüber.

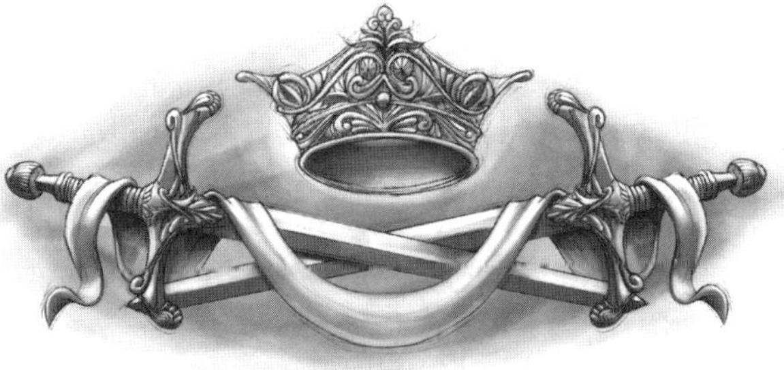

Aegus schwebte vor dem Wagen, Paragon hinter ihm, die Flügel wachsam ausgebreitet, die Schwerter bereit. Bis zu dem Gasthaus war ich mit ihnen geflogen. Aber etwas an dem Wagen gefiel mir nicht, und so nahm ich menschliche Gestalt an. Schon bald bereute ich es, dass ich mich in einen Rabbi und nicht in einen jungen Händler verwandelt hatte; der Bart juckte schrecklich.

Es war nicht nötig, dass ich meine Schar erinnerte, aber ich tat es trotzdem:

»Die Hölle will nicht, dass Immanuel geboren wird. Seid bereit!«

Dutzende unsichtbarer Diener umgaben den Wagen. Es war unmöglich, dass er nicht sicher sein Ziel erreichen würde.

Auf der verstopften Straße kamen wir nur langsam voran – nicht schneller als die vielen Fußgänger, aber wenigstens konnte Maria sich ausruhen. Sie schloss ihre Augen und lehnte ihren Kopf an die Seite des Karrens. Ich sah das Strahlen in ihrem Leib. Der Sohn Gottes glühte wie ein heilendes Feuer. Er war noch nicht geboren, und schon betete ich Ihn an. Mein Herz sang stille Loblieder. Er konnte sie hören; ich lächelte, als Maria spürte, wie Er sich bewegte. Die anderen Engel hörten meinen Gesang und stimmten mit ein.

Etwa eine Stunde später spürte ich es. Mein Körper verspannte sich. Weiter vorne auf der Straße, irgendwo unter den Reisenden, verbarg sich irgendeine Teufelei. Ich warnte die Engel. »Seid bereit.« Sophio flog zu mir und flüsterte: »Er geht umher wie ein Löwe, der ein Opfer zum Verschlingen sucht.« Ich nickte und musterte die Gesichter der Fußgänger um den Wagen herum.

Jetzt trat ein junger Mann an den Karren. Er sprach Maria an. »Du siehst müde aus. Möchtest du etwas Wasser?« Maria sagte: »Ja, danke« und langte nach dem Schlauch, den der Reisende ihr hinhielt. Ich sprang auf und stieß gezielt gegen den Arm des Dämons. Der Wasserschlauch fiel auf die Straße. Maria und Josef hörten, wie ich mich wortreich entschuldigte. Nur der junge Mann selber hörte, was ich ihm sagte:

»Hund der Hölle, du wirst diese Tochter Gottes nicht anrühren!«

Der Dämon fuhr aus dem Körper des Mannes und zog ein Schwert. »Diesmal hast du keine Chance, Gabriel!« Mit einem Mal erschienen von allen Seiten Dutzende Dämonen. Sie schossen auf Maria zu.

»Josef«, sagte sie. Sie griff sich an ihren Bauch, das Gesicht schmerzverzerrt. »Da ... da ist was. Als ob mich jemand in den Magen tritt. Ich habe schreckliche Schmerzen!«

Ich nahm augenblicklich wieder meine Engelsgestalt an und schlang mich wie ein Schild um Maria. Die Schwerter der Dämonen stießen in mich hinein. Ich spürte ihren Biss – aber Maria war sicher. Jetzt erschien Paragon mit weiteren sieben Engeln. Sie hieben auf die Rücken der Dämonen ein.

Doch diese waren nicht bereit aufzugeben. Der Wagen begann zu schaukeln. Unter den Reisenden auf der Straße brach eine Panik aus. Ich hörte einen Schrei. Ich schaute hoch und sah, wie sich Simon an die Kehle fasste. Sein Gesicht war rot, die Augen wollten ihm aus dem Kopf treten. Um seinen Hals schlossen sich die Stachelfinger eines Dämons. Ein anderer hatte seinen Ochsen verhext, sodass er zum Straßenrand hin taumelte.

Jemand schrie: »Haltet den Wagen an, da drüben gehts steil runter!«

Ein mutiger Mann versuchte, die Zügel zu packen, aber er stand wie angewurzelt da. Er erzählte später, dass er vor Angst wie gelähmt gewesen war. Ich wusste es besser: Ein Dämon hatte ihn auf die Straße gebannt.

Simon japste nach Luft, dann kippte er zur Seite. Ich wusste, dass er tot war. Das besessene Tier stolperte auf den Abhang zu. Ich blickte zu Maria. Josefs Arm lag um ihre Schultern, sie selber hielt sich den runden Bauch. Gleich würden wir über die Kante des Abhangs in das Tal unter uns stürzen. Der Kutscher war tot, der Wagen außer Kontrolle. Ich betete zu dem Einen, der noch helfen konnte.

Und Er sprach. Aus Marias Leib heraus. Seine Eltern hörten es nicht. Es war ein Wort, das nicht für die Ohren von Maria und Josef bestimmt war; nur die Heerscharen des Himmels und der Hölle konnten es hören. Doch als sie es hörten, blieb die Zeit stehen.

»Leben!«

Der Befehl erfüllte den Wagen, wie er einst Eden erfüllt hatte. Die Dämonen flohen wie Ratten, in alle Richtungen.

Der Befehl kam ein zweites Mal.

»Leben!«

Simon hustete und keuchte. Die Luft kehrte in seine Lunge zurück. »Die Zügel!«, rief ich. Er packte sie und rappelte sich hoch. Durch das Wasser in seinen Augen sah er den Rand der Straße und den Abgrund und zog instinktiv die Zügel fest an, bis der Ochse stehen blieb. Wir waren gerettet.

Die Dämonen waren weg, aber ich durfte nichts riskieren. Mein Befehl an Sophio war dringlich. »Wenn sie sie auf der Straße gefunden haben, finden sie auch ihren Raum in der Herberge. Tu alles, was nötig ist.« Sophio salutierte und flog voraus, zu dem Gasthaus in Bethlehem.

Ich umfing Maria weiter mit meinem Licht. Josef schaute sie besorgt an, aber in meiner Obhut wurde sie ruhiger. »Danke, es geht mir besser«, sagte sie. »Aber wo ist der Rabbi geblieben?«

Denn bei dir ist der Quell des Lebens;
in deinem Licht sehen wir das Licht.

Psalm 36,10

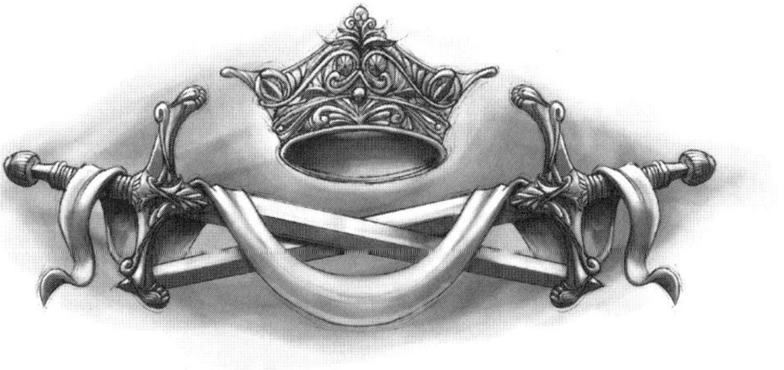

»Ein einziges kleines Zimmer! Habt ihr wirklich nichts mehr?«, fragte Josef, halb verzweifelt.

»Bis vorhin, ja. Aber dann kam eine halbe Kompanie und hat den ganzen Rest der Betten belegt. Es tut mir leid, ich habe keinen Platz für dich und deine Frau.«

Josef merkte, wie sein Geduldsfaden zu reißen drohte.

Er machte einen Schritt auf den Wirt zu, sodass sein Gesicht nur noch eine Handbreit von dem seinen entfernt war. »Siehst du meine Frau da im Wagen? Das Kind kann jeden Augenblick kommen! Fast hätte sie's heute Nachmittag auf dem Weg gekriegt. Sie hat schon starke Wehen. Möchtest du etwa, dass sie das Kind hier in deiner Tür zur Welt bringt?«

»Nein, natürlich nicht, aber bitte versteh' doch, ich kann euch nicht helfen, es ist alles rappelvoll.«

»Das hab ich verstanden, aber es ist schon Mitternacht und kalt dazu. Habt ihr nicht wenigstens was, wo wir uns aufwärmen können?«

Der Mann schaute seufzend Maria an, dann Josef. Dann verschwand er in seinem Haus und kam kurz darauf mit einer Öllampe zurück. »Da um die Ecke rum führt ein schmaler Weg bergab. Folgt diesem Weg, bis ihr an einen Stall kommt. Er ist sauber – na ja, so sauber, wie ein Stall sein kann.« Er zuckte die Achseln. »Da habt ihr es warm.«

Josef wollte seinen Ohren nicht trauen. »Du willst uns in den *Stall* stecken?«

»Josef«, sagte Maria leise, die jedes Wort mitbekommen hatte. Er drehte sich zu ihr. Sie lächelte, und er wusste genau, was das Lächeln bedeutete: *Frieden. Hör auf zu streiten.*

»Also, gut.« Er seufzte tief und nahm dem Wirt die Lampe ab.

Der Wirt schaute dem Paar hinterher. »Komisch«, murmelte er. Dann drehte er sich zu sei-

ner Frau um. »Sag mal, wer war der Mann, der da vorhin sämtliche Betten gebucht hat?«

Die Frau öffnete das Gästebuch und las den Namen vor. »Sophio. Komischer Name. Klingt griechisch.«

Wir bildeten einen Lichtkranz um den Stall herum, eine Kette aus himmlischen Diamanten. Alle Engel waren hierher beordert worden, sogar Michael. Niemand von uns hatte einen Zweifel, dass Gott Seine Verheißung erfüllen würde, aber *wie* Er das tun würde – nein, wir konnten es uns nicht vorstellen.

»Ich hab das Wasser warm gemacht!«

»Nicht so laut, Josef, ich hör dich gut.«

Maria hätte es gehört, wenn Josef geflüstert hätte. Der Stall war noch kleiner, als Josef vermutet hatte, aber der Wirt hatte recht gehabt – er war sauber. Ich fing an, die Schafe und die einsame Kuh hinauszutreiben, aber Michael stoppte mich. »Der Vater will, dass die ganze Schöpfung Zeuge dieses Augenblicks wird!«

Maria schrie unvermittelt auf und packte mit der einen Hand Josefs Arm, mit der anderen einen der Futtertröge. Sie spürte einen heftigen Stich in ihrem Bauch, krümmte sich vor Schmerzen und beugte sich nach vorne.

»Ist es so weit?«, fragte Josef.

Ihr Blick war Antwort genug.

Minuten später wurde Der Verheißene und Erwartete geboren. Ich hatte das Vorrecht, ganz in der Nähe des Paars zu sein, nur einen Schritt hinter Michael. Wir schauten beide in das zerknitterte Gesicht des Säuglings. Josef hatte einen Futtertrog mit Heu gefüllt – das erste Bett für Jesus.

Das ganze Wesen Gottes war in diesem kleinen Kind. Licht umrahmte Sein Gesicht und strahlte von den winzigen Händen aus. Die Herrlichkeit des Herrn, die ich in Seinem Thronsaal gesehen hatte, drang jetzt förmlich durch Seine Haut.

Es wäre angemessen gewesen zu singen. Aber was? Wir hatten kein Lied, keinen Text. Gott in einem neugeborenen Kind, das hatten wir noch nie gesehen. Wenn Gott wieder einen Stern erschaffen hatte, waren wir in lauten Jubel ausgebrochen. Wenn er Seine Diener errettet hatte, ging uns das Lob wie von allein über die Lippen. Niemals verstummte unser Lobgesang vor Seinem Thron. Aber was singt man, wenn Gott in einem Futtertrog liegt?

In diesem Augenblick passierte etwas Wunderbares. Als wir den neugeborenen Jesus betrachteten, lichtete sich das Dunkel. Nicht das Dunkel der Nacht, sondern der Schleier des Geheimnisses. Eine himmlische Erleuchtung durchflutete die himmlischen Heerscharen.

Eine ungeahnte Wahrheit erfüllte unsere Herzen. Der Vater offenbarte uns Seinen Plan zur Rettung derer, die Seinen Namen tragen. Alles, was kommen würde, zeigte Er uns. In sprachlosem, ja schockiertem Staunen wandten sich die Blicke aller Engel zu den Händen des Kindes – Hände, die durchbohrt werden würden. »Wenn der Hammer die Nägel eintreibt«, sagte Gott uns, »werdet ihr Ihn nicht retten. Ihr werdet zuschauen. Ihr werdet hören. Es wird euch das Herz zerreißen, aber ihr werdet nicht eingreifen.«

Paragon und Aegus drehten sich zu mir, baten um eine Erklärung. Ich hatte keine. Ich musste denken: Ich bin dazu da, dass ich meinem König diene, und soll zuschauen, wie Er gemartert wird? Ich sah Michael an; sein Gesicht war wie versteinert vor Qual. Ich verstand seinen Blick gut, denn ich fühlte dasselbe. Wir verstanden ihn nicht, diesen Befehl des Vaters.

»Wie können wir tatenlos danebenstehen, während Du leidest ?«, fragten wir einstimmig.

Es kam keine Antwort.

Sophio begann zu flüstern. Ich trat näher und hörte die Worte:

»Uns ist ein Kind geboren, ein Sohn ist uns gegeben. Die Herrschaft ruht auf Seiner Schulter, und Sein Name wird heißen:

Wunderbarer Ratgeber,
Starker Gott,
Ewiger Vater,
Friedefürst.

Für ihre Vergehen wird Er durchbohrt, für ihre Übertretungen zerschlagen werden. Die Strafe liegt auf Ihm, damit sie Frieden haben, und durch Seine Wunden werden sie heil werden.«

Und ich hörte wieder die Worte, die ich im Thronsaal gehört hatte, und zum ersten Mal verstand ich sie.

Immanuel

Das ist Er also. Immanuel. Das ist Gottes Geschenk. Ein Erlöser. Er wird Sein Volk von seinen Sünden erlösen. »Würdig ist das Lamm«, flüsterte ich, als ich vor meinem Gott niederkniete. Mein Herz war übervoll. Ich sah Maria an, die ihr Kind an sich drückte, und ich sprach. Es machte nichts, dass sie mich nicht hören konnte. Die Sterne hörten mich, die ganze Schöpfung. Und vor allem mein König.

»Weißt du, wen du in den Armen hältst, Maria? Den Urheber der Gnade. Der über aller Zeit steht, Er ist jetzt ein paar Augenblicke alt. Der keine Grenzen kennt, Er trinkt deine Milch. Der über den Sternen wandelt, Er hat Beine, zu schwach zum Gehen. Hände, die Ozeane trugen, gehören jetzt einem Säugling. Der nie etwas gefragt hat, Ihm wirst du den Namen des Windes beibringen. Die Quelle der Sprache wird von dir Wörter lernen. Der nie Hunger litt, Ihn wirst du füttern. Der König der Schöpfung liegt in deinen Armen.«

»Was ist das für eine Liebe?«, fragte Michael, und wieder hüllte Schweigen uns ein, fiel eine Decke der Ehrfurcht auf uns. Dann öffnete Michael erneut seinen Mund – diesmal, um zu singen. Er begann leise, hielt zwischen den Wörtern inne.

Ehre, Ehre,
Ehre sei Gott in der Höhe!

Einer nach dem anderen fielen wir ein.

Ehre, Ehre,
Ehre sei Gott in der Höhe!

Der Chor schwoll an, wurde lauter und schneller:

Ehre, Ehre sei Gott in der Höhe!
Ehre, Ehre sei Gott in der Höhe!
Ehre, Ehre sei Gott in der Höhe!

Unser Jubel stieg empor in die Weiten des Weltalls. In den entferntesten Galaxien tanzte der Staub der ältesten Sterne zur Melodie unseres Lobgesangs. In den Tiefen des Ozeans tanzte das Wasser in Anbetung. Die winzigste Mikrobe und die mächtigste Sternenkonstellation drehten sich im Reigen, die ganze Schöpfung feierte mit uns, als wir Ihn anbeteten:

Immanuel,
Gott,
der Mensch geworden war.

Nachwort

Das schlafende Jesuskind, die staunenden Hirten, die sanfte Maria. Die Atmosphäre unseres Weihnachtsfestes ist warm und heimelig, die vorherrschenden Gefühle sind Freude und Frieden. Und so ähnlich ist ja auch das Bild, das das Matthäus- und Lukasevangelium malen. In der Offenbarung des Johannes dagegen finden wir eine andere Perspektive: Dort ruft die Geburt von Jesus mehr als freudiges Staunen hervor. Sie ruft die Mächte der Hölle auf den Plan.

In seiner Offenbarung zieht Johannes gleichsam den Vorhang beiseite und enthüllt uns einen blutigen Krieg in der unsichtbaren Welt. Er sieht eine Frau, die kurz davor steht, ihr Kind zur Welt zu bringen. Er sieht einen Drachen, der Tod und Verderben bringen will. Die Frau ist schön, der Drache hässlich. Der Drache will sich auf das Neugeborene stürzen, aber er kommt zu spät.

Das Kind und seine Mutter werden in Sicherheit gebracht, und »dann kam es im Himmel zum Krieg. Michael und die Engel unter seinem Befehl kämpften gegen den Drachen und seine Engel« (Offenbarung 12,7).

Nehmt auch den Helm des Heils
und das Schwert des Geistes,
das ist Gottes Wort!

Epheser 6,17

Ein Krieg im Himmel. Ich habe mich gefragt, was für ein Krieg dies wohl war – wann er geschah, wer alles beteiligt war, was er bedeutete. Die Geschichte, die Sie gerade gelesen haben, ist die Frucht dieser Fragen.

Mehrere meiner Kollegen beflügelten meine Fantasie. Viel gelernt habe ich von Eugene Petersons Auslegung der Johannesoffenbarung in seinem Buch *Reversed Thunder.* Vor einigen Jahren las ich einen Artikel von Philip Yancey, der meinen Horizont erweiterte (»Cosmic Combat« in: *Christianity Today,* 12. Dezember 1994). Zu Dank verpflichtet bin ich auch David Lamberts kreativer Feder in seiner Geschichte »Earthward, Earthward, Messenger Bright«, die im Dezember 1982 in der Zeitschrift *Moody Monthly* erschien und mit ihrer frischen, geistreichen Sicht der Weihnachtsgeschichte letztlich den Anstoß zu meinem Buch gab.

Doch nicht weniger danke ich für die unglaubliche Unterstützung, die ich von Steve Green, Karen Hill, Liz Heaney und dem wunderbaren Team der *W Publishing Group* erhalten habe.

Teile der Geschichte, die Sie gerade gelesen haben, sind frei erfunden, Früchte meiner Fantasie. Andere beruhen auf Fakten. Ob Sie die erfundenen Szenen mögen oder nicht, ist nicht weiter wichtig, aber dass Sie die Fakten sehen, ist lebenswichtig.

Das Fläschchen, welches das Wesen des Christus enthält, den Erzdämon Phlumar, den Engel

Sophio und verschiedene andere Personen und Ereignisse finden wir nicht in der Bibel. Doch die Bibel sagt uns klipp und klar:

Denn wir kämpfen nicht gegen Menschen
aus Fleisch und Blut,
sondern gegen die bösen Mächte und Gewalten
der unsichtbaren Welt,
gegen jene Mächte der Finsternis,
die diese Welt beherrschen,
und gegen die bösen Geister
in der Himmelswelt.

Epheser 6,12

Die Bibel erwähnt keine Dämonen, die Fangnetze auswerfen. Auch nicht die Szene, in der Satan vor Gabriel Süßholz raspelt. Doch die Bibel macht eindeutig klar, dass Satan eine Realität ist und dass es sein erklärtes Ziel ist, sich »dem Höchsten gleichzumachen« (Jesaja 14,14).

Gottes Schöpfung ist in zwei feindliche Lager aufgeteilt: diejenigen, die Gott folgen, und diejenigen, die Satan folgen. Satan ist die Triebfeder der Menschen, die Gott nicht gehorchen wollen (Epheser 2,2), während Gott die Triebfeder der Erlösten ist (Philipper 2,13). Die Bibel weist die Erlösten an, sich vor Satan in Acht zu nehmen, ohne Angst vor ihm zu haben. Der Teufel streift umher wie ein brüllender Löwe, der das nächste Opfer sucht (1. Petrus 5,8), aber der Gläubige darf wissen, dass »der Geist, der in euch lebt, größer ist als der Geist, der die Welt regiert« (1. Johannes 4,4). Wir müssen »die ganze Waffenrüstung Gottes« anlegen, um »allen hinterhältigen Angriffen des Teufels widerstehen« zu können (Epheser 6,11; ELÜ/NLB), und dürfen nie vergessen, dass Satan sich als »Engel des Lichts« ausgeben kann (2. Korinther 11,14).

Schließlich:
Werdet stark im Herrn
und in der Macht seiner Stärke!

Epheser 6,12

Unsere Waffen gegen Satan sind die gleichen, die Gabriel und die himmlischen Heerscharen benutzen: Gebet, Gotteslob, Wahrheit und Vertrauen. Wir verlassen uns nicht auf unsere eigene, sondern auf Gottes Kraft: »Sorgt dafür, dass ihr fest steht, indem ihr euch mit dem Gürtel der Wahrheit und dem Panzer der Gerechtigkeit Gottes umgebt. Eure Füße sollen für die gute Botschaft eintreten, die den Frieden mit Gott verkündet. Setzt den Glauben als einen Schutzschild ein, um die feurigen Pfeile des Satans abzuwehren. Setzt den Helm eurer Rettung auf und nehmt das Wort Gottes, euer Schwert, das der Geist euch gibt. Betet immer und in jeder Situation mit der Kraft des Heiligen Geistes …« (Epheser 6,14-18).

Und schließlich gibt es in der Bibel auch nicht die Szene im himmlischen Thronsaal, wo Gott Luzifer eine zweite Chance gibt. Doch die Bibel erzählt uns seitenweise davon, wie Gott den Verbrechern und Abtrünnigen dieser Welt Seine Gnadenhand entgegenstreckt. Es scheint gerade so, als ob Gottes Bereitschaft, uns Seine Gnade zu gewähren, größer ist als unsere Bereitschaft, sie anzunehmen. Wenn ich diese unerhörte Liebe Gottes sehe, frage ich mich unwillkürlich: Wenn die alte Schlange Gnade suchen würde, würde nicht selbst sie diese dort finden, wo Millionen sie schon gefunden haben – am Fuße des Kreuzes Christi?

Johannes' Beschreibung des Krieges im Himmel beantwortet nicht alle unsere Fragen, aber sie beantwortet die wichtigste. Johannes sagt uns, wer diesen Krieg gewonnen hat: Gott. Und er sagt uns auch, wer Gott wichtig ist: Sie und ich. Denken Sie einmal nach: Wenn Gott solch einen Krieg führt, um Sie zu retten, dann muss Er doch denken, dass sich die Mühe lohnt. Dass *Sie* diese Mühe lohnen. Wir verstehen vielleicht nicht alles an diesem himmlischen Krieg, aber wir brauchen nicht an Gottes Liebe zu zweifeln. Gott tut alles für Seine Kinder. Wirklich.

Gesegnete Weihnachten!

Max Lucado

Die heilige Nacht – Geschichte einer Versöhnung

Gebunden, 10,5 x 16,5 cm, 96 S.
Nr. 395.039,
ISBN 978-3-7751-5039-2

Weihnachten ist ein Wunder. Ein Geheimnis, das Menschen nur mit dem Herzen wirklich sehen.

Wo ist das Christkind? Eine hochschwangere Frau kommt bei einem Autounfall ums Leben. Ihr Mann, der Künstler Aumüller, hat sie betrunken zum Krankenhaus gefahren. Voller Verzweiflung schnitzt er ein Krippenspiel. Doch kurz vor Weihnachten wird das Jesuskind aus der Krippe gestohlen. Nach und nach kommt ein Journalist hinter den Diebstahl und einem Geheimnis auf die Spur. Er entdeckt, was Weihnachten mit seinem eigenen Leben zu tun hat.

Im zweiten Teil des Buches zeigt Max Lucado, was vor 2000 Jahren in Bethlehem wirklich passiert ist. Es wird deutlich, warum Gott beschloss, auf die Erde zu kommen.

Einfühlsam illustriert von Daniel Fernandez.

Bitte fragen Sie in Ihrer Buchhandlung nach diesem Buch! Oder schreiben Sie an:
SCM Hänssler, D-71087 Holzgerlingen; E-Mail: info@scm-haenssler.de; Internet: www.scm-haenssler.de